I0674837

LES SAXIFRAGES

AQUARELLES

TYPOGRAPHIE ET LITHOGRAPHIE ABEL CARIAGE

1894

AU PAYS COMTOIS

———

Exemplaire N° 20H

LOUIS MERCIER

Au Pays Comtois

LES SAXIFRAGES

AQUARELLES

BESANÇON
TYPOGRAPHIE ET LITHOGRAPHIE ABEL CARIAGE
—
1894

Aux Amis connus et inconnus
qui ont bien voulu me seconder
de leur sympathie, je dédie
cet humble petit livre.

L. M.

Louis MERCIER

D'APRÈS UN DESSIN A LA PLUME DE MATHEY-DORET

(MÉDAILLON DE MAX CLAUDET)

Les Saxifrages

A LA FRANCHE-COMTÉ

Avec ses noirs donjons fleuris de saxifrages,
Ses grands sapins remplis d'immense majesté
Et ses sommets géants, défiant les orages,
Est-il plus beau pays que la Franche-Comté !

Qu'il m'est doux de venir, sur ses rochers sauvages,
M'enivrer d'infini, d'air et de liberté ;
En évoquant sa gloire illuminant les âges,
Je sens mon cœur frémir d'amour et de fierté !

Puisses-tu ne jamais, revoir, ô Séquanie !
Les vautours allemands, les loups de Germanie
S'ameuter et hurler autour de ton drapeau ;

S'ils osaient convoiter ton altier diadème,
A l'appel de Rouget jetant son chant suprême,
Tes vieux preux par milliers surgiraient du tombeau !

AU PAYS COMTOIS

A une Absente.

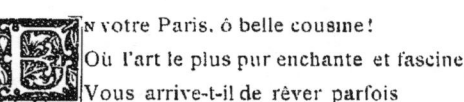N votre Paris, ô belle cousine !
Où l'art le plus pur enchante et fascine.
Vous arrive-t-il de rêver parfois
A ce coin d'Eden, oasis bénie.
Perdu dans les monts de la Séquanie.
Tout là-bas, là-bas, au Pays Comtois ?

Et si vous n'étiez aujourd'hui baronne,
Mais comme autrefois, simplement Simone,
J'oserais, Madame, en ces quelques vers,
Vous le rappeler, ce Val adorable,
Où vous, frais lutin, et moi, petit diable.
Enfants nous courions par les grands prés verts.

De votre boudoir, bonbonnière rose.
J'admire ces riens que la mode impose :
Baguiers, bracelets, colliers d'ambre, émaux :
Et vos onyx pleins de fleurs des Tropiques :
Pourtant plus jolis, sous les veroniques.
Dans l'écrin des nids, sont nos œufs d'oiseaux.

Sans doute il est doux d'entendre *Ophélie*,
Ou *Violetta*, *Rosine*, *Lucie*,
Egrener leurs chants en trilles ailés :
Mais les nuits de Mai, quand la lune blonde
En paillettes d'or fait scintiller l'onde,
Ceux du rossignol sont ils moins perlés ?

Le bois de Boulogne avec ses allées
Et ses boulingrins fleuris d'azalées,
Vaut-il, dites moi, le petit sentier
Tout blanc de muguets ou tout noir de mûres,
Où nous nous sauvions, quand sous les ramures,
Sombre apparaissait... quelque charbonnier !

*
* *

Vous rappelez-vous, chère indifférente,
Ces bords que le Doubs d'une eau transparente
Amoureusement caresse en son cours ?
Que de beaux bouquets faits sur ces rivages
Diaprés d'iris, de menthes sauvages
Et de fleurs sans nom d'or et de velours !

Vous rappelez-vous notre pauvre église
Dont la giroflée embaume la frise.
Et sa vieille tour où viennent nicher
Avec mille cris et battements d'ailes.
Les moineaux bavards et les hirondelles.
De joie emplissant l'ombre du clocher ?

Vous rappelez-vous. au soleil de Pâque.
Comme une vivante eau-forte de *Jacque*.
Notre métairie en sa vaste cour :
Et sur le fumier, où rien ne l'efface,
Le grand coq altier jetant sa fanfare
A tous les échos au lever du jour ?

Vous rappelez-vous. dans les hautes herbes,
Les bœufs blancs et roux se dressant superbes.
De leurs yeux rêveurs sondant l'horizon ;
Et dans le verger entouré de treilles,
L'essaim bourdonnant des folles abeilles
Ivre des parfums de la floraison ?

Vous rappelez vous. dormant sous les aulnes.
L'étang constellé des nénuphars jaunes.
Où le merle noir siffle dans les joncs :
Et parfois troublant le chœur des fauvettes.
Et l'âpre concert des vertes rainettes.
Les canards faisant de joyeux plongeons ?

Vous rappelez-vous la claire fontaine
En jets de cristaux s'échappant sereine,
Où les soirs d'été, dans son chemin creux,
Plus d'une fillette oubliant sa seille
Débordant à flots, vient prêter l'oreille
Aux tendres propos de son amoureux ?

Vous rappelez-vous, lorsque août irradie,
Sous l'ardent soleil qui les incendie,
Les bruns moissonneurs coupant les épis ?
Combien vous aimiez, dans l'or des javelles,
Les coquelicots unissant aux nielles
Leurs crêtes flambant comme des rubis !

Vous rappelez-vous, quand rougit l'automne
Et qu'au fond du ciel le couchant rayonne,
Les bœufs ramenant, aux sons des pipeaux,
La tonne empourprée où rit la vendange,
Et le soir venu, le bal dans la grange,
Tandis que le vin bout dans les cuveaux ?

Vous rappelez-vous, l'hiver, aux chaumières,
Devant l'âtre immense aux blondes lumières,
A l'heure où le loup hurle en la forêt,
Et qu'aux clairs vitraux que la bise gèle
Quelque roitelet vient frapper de l'aile,
Les noëls chantés au bruit des rouets ?

Vous rappelez-vous enfin cette tombe.
Où jamais un pleur attendu ne tombe ?
Là. dort votre mère — et depuis longtemps,
Sur ce marbre, hélas! que la mousse creuse.
Seuls, le saxifrage et la scabieuse
Répandent leurs fleurs à chaque printemps.

Oh ! de la patrie invincible charme !
A ces souvenirs je vois une larme.
Diamant du cœur. voiler votre œil noir....
. . . .
Mais en vain des champs j'ai brodé l'éloge,
Voici qu'on apporte un coupon de loge.
N'est-il pas « *première* » aux *Bouffes*, ce soir ?

Si vous n'etiez pas. cousine. baronne,
Mais comme autrefois, simplement Simone.
J'oserais vous dire : En fleurs sont les bois :
Fuyons ce Paris qui nous brule l'âme.
Dans les champs en fête, avril vous réclame.
Tout là-bas. là-bas, au Pays Comtois !

LES BORDS DU DOUBS

Ainsi que Moreau fut epris de sa *Voulzie*.
  Moi. rêveur ignoré.
Je veux chanter aussi l'intense poésie
  De mon Doubs adoré.

De mon beau Doubs comtois! - Vesper est moins limpide
  Que le cristal changeant
De son onde effleurant la chevelure humide
  Des longs saules d'argent.

Qu'il est capricieux en sa route indécise.
  Ondulant par les pres.
Scintillant au soleil. caresse par la brise.
  Mon Doubs aux flots moires !

Dans le dedale abrupt de nos monts. quand il rôde
  Et miroite indolent,
Il semble une couleuvre aux anneaux d'émeraude.
  Sans fin se déroulant.

Partout l'idylle en fleur enchante ses rivages,
  Ces coins d'Eden secrets,
Où la nature unit à ses splendeurs sauvages
  Ses plus riants attraits.

C'est à ses bois remplis d'un charme incomparable,
    Aux reflets de ses eaux,
Qu'Isenbart et Rapin ont ravi l'adorable
    Fraîcheur de leurs tableaux.

.·.

Quand des aubes de juin, l'indicible féerie
    Embrase ses décors,
Qui rendra le concert, l'agreste symphonie,
    S'éveillant sur ses bords ?

C'est la voix des oiseaux égrenant leurs aubades
    Dans les rameaux mouillés,
Ou le frémissement des longues colonnades
    Des sveltes peupliers ;

C'est le chant du pêcheur qui des vagues retire
    Ses filets ruisselants ;
Comme un frisson de luth, c'est le vent qui soupire
    Dans les roseaux tremblants ;

C'est le bruit des moulins et des fougueux barrages,
    Ou le naïf refrain
Des mariniers passant ; — C'est, montant des villages,
    Quelque *Angelus* lointain.

.·.

Mais plus belle est surtout ma rivière sereine
        Quand, sur ses flots dormants,
La lune. en se mirant. laisse comme une reine
        Tomber ses diamants.

.·.

O Doubs ! je veux encor sur tes berges fleuries.
        Où le bonheur m'attend,
Venir vous retrouver divines griseries
        De mes avrils d'antan ;

Et comme Moreau fut épris de sa *Voulzie*,
        Moi, ton chantre ignoré,
C'est ton nom que toujours. l'âme d'amour saisie.
        O Doubs ! j'exalterai !

LA RONDE DES FÉES

ou

LE SONGE DE SEQUANIO

Perfide comme l'onde.
(SHAKSPEARE).

— Et vous, Sequanio, dit la belle marquise.
De votre vieux Jura dites-nous donc aussi
Un de ces contes bleus dont je suis tant éprise';
— Puisque vous le voulez, Madame, le voici :

C'était par une nuit comme celles chantées
Par Shakspeare ou Musset — des soirs fleurs argentées.
Les étoiles du ciel pailletaient le manteau.
Je m'en allais rêvant, d'amour l'âme saisie,
Quelque peu gris d'Arbois et fou de poesie.
Sous les saules de *Vère* au magique ruisseau (1).

_____

(1) Ruisseau du Jura hanté dit-on par des Fées malfaisantes.

Autour de moi, partout, des murmures étranges -
S'élevaient aussi purs que la harpe des anges :
C'étaient des peupliers le vague et long frisson,
Les fanfares des cors par l'espace voilées,
Ou bien des rossignols les roulades perlées
Et des flots bruissants l'argentine chanson.

Le zéphir imprègne de l'arôme sauvage
Des églantiers des bois, des menthes du rivage,
Très doux, faisait frémir l'aigrette des roseaux :
Tandis qu'à l'horizon la lune toute ronde
Se levait lentement et d'une lueur blonde
Moirait la mousse humide et l'écume des eaux.

.˙.

Tout près de moi, soudain, en gerbes d'harmonie
Jaillit de la saulee un chœur de fraîches voix :
C'étaient des chants remplis de douceur infinie.
Arrivaient-ils des cieux, des vagues ou des bois ?

D'une tremblante main je soulevai les branches,
Alors, je vis, Madame, — indicible tableau, —
D'ondines, de willis et de naïades blanches
S'ébattre un fol essaim dans le cristal de l'eau.

D'Arlay, je reconnus les châtelaines blondes,
Les Dames d'Oliferne aux perfides amours.
Et de Château-Châlon les nonnes vagabondes
Maudites du Ciel, mais... ravissantes toujours !

∴

Les unes ressemblaient à ces vierges charmantes
Irradiant dans l'or des vieux missels chretiens :
Les autres, le sein nu, rappelaient les bacchantes
    Des mystères païens.

Celles-ci de roseaux et de saule coiffees,
Battaient l'eau de leurs pieds par la fraicheur rougis :
Celles-la, pour couronne, avaient, coquettes fees,
    De bleus myosotis.

Sur leur cou, pur paros, sur leur gorge d'albatre,
L'onde en saphirs roulait — D'un rayon vaporeux
La lune caressait l'or changeant et verdâtre,
    L'or de leurs blonds cheveux !

∴

Et tout en contemplant cette nocturne fete,
En ecoutant ces chants, ardents, mélodieux,
Je me croyais perdu dans le Ciel du Prophète
Ou dans les verts harems des sultans radieux !

∴

Mais, ô surprise intraduisible !
Voilà qu'un orchestre invisible
Egrène une valse dans l'air.
Plus délicieuse que celle
    De *Giselle*
Ou de l'*Ombre* de Meyerbeer !

Et les adorables baigneuses
S'elancent des eaux ecumeuses
L'œil en feu, le sein palpitant :
Par groupes elles s'entrelacent,
    Valsent, passent
En un tourbillon haletant.

La valse aux notes embrasées
Toujours etincelle en fusées.
On eût dit mille chants d'oiseaux :
Et les nymphes tournent lascives
    Et plus vives
Que les libellules des eaux !

Alors, devant mes yeux, Madame,
Courut comme un rayon de flamme.
Et pris d'un vertige inouï,
Ainsi qu'un phalène, en leur ronde
    Furibonde,
Je m'elançai tout ebloui

Mais. horribles metamorphoses.
Les ondines blanches et roses
En *Goules* se changent soudain.
Et sur moi s'acharnent pareilles
          Aux abeilles
Dont on a dévaste l'essaim.

∴

Tels que les sifflements d'un formidable orage.
Eclatent leurs accents de colère et de rage.
Assailli. je tombai. pantelant. terrasse.
Leurs ongles furieux à mon front s'accrochèrent
Et pame de terreur. les *Goules* m'emportèrent.
Comme une feuille sèche en leur branle insensé.

. . . .

Quand je revins à moi, j'etais couche dans l'herbe.
L'aube resplendissait rutilante et superbe,
A mes pieds. un ruisseau précipitait ses flots.
Encor tout etourdi, je m'assis sur la grève.
La tète dans mes mains, je repassais mon rève,
Quand tout bas, une voix me murmura ces mots :

« Comme les papillons s'envolent aux lumières.
Ainsi que l'oiseau court au miroir irise,
Bien souvent le genie aux flammes des Chimeres
Brûle ses ailes d'or et — retombe brisé ! »

(Ballade couronnée aux **Jeux Floraux** .

LA FRANC-COMTOISE

Hymne pour l'*Union Artistique bisontine*.

Salut à vous. Comtois. race robuste.
Dont la franchise égale la valeur.
Et qui gardez. ainsi qu'un legs auguste.
La foi des preux unie au vieil honneur !

La foi. l'honneur ! Oui, voilà votre force !
Et même sous vos plus humbles sarreaux.
Comme un trésor à la rugueuse écorce.
Souvent se cache une âme de héros !

Aux premiers temps. pour garder votre terre.
Dieu fit surgir ces sommets merveilleux.
Où toujours plane en sa splendeur austère
La liberté qu'adoraient vos aïeux.

Dans le sang pur de vos vignes fécondes
Vous retrempez votre antique vigueur :
Et des grands bœufs traînant vos moissons blondes
Vous possédez la puissante douceur.

Comme le chêne à vos rocs est tenace.
Un rude amour vous attache au pays
Où la nature, en sa sauvage grâce.
Pour sa couronne a pris l'or des maïs.

A vous, Comtois, en leur magnificence.
Les monts altiers et les torrents grondeurs.
Les grands sapins resonnant, orgue immense.
Et comme un temple ouvrant leurs profondeurs :

A vous l'azur des rivières que moire
La brise, à l'aube, en les saules chantant ;
Et ces lacs purs où la *Vouivre* vient boire
Sous l'œil ravi du patre la guettant ;

A vous les bois, les plaines opulentes
Dont les guérèts flambent à l'horizon,
Et l'âpre horreur de ces gorges croulantes
Ou vibre encor le nom de Lacuzon !

Aimez-la bien, Comtois, votre Patrie,
De la France, Elle. un des plus beaux fleurons :
Et que toujours sa bannière chérie,
Phare de gloire, illumine vos fronts !

Aimez aussi jusqu'à l'idolâtrie
Votre devise en son superbe aloi :
Et si jamais — *Comtois, rends-toi*, l'on crie,
Jetez bien haut votre : *Nenni, ma foi!*

INVITATION

Amis ! du renouveau voici l'agreste fête !
Venez, je vous attends, cher peintre, cher poete :
Notre Comté rayonne et se pare de fleurs,
Plus limpide, le Doubs caresse ses rivages :
Oh ! venez respirer de nos vieux monts sauvages
La résineuse brise et les âcres senteurs.

Venez ! La Séquanie, Ecosse de la France,
Du pays d'Ossian a la magnificence.
Amants du merveilleux, ensemble nous irons
Surprendre le matin, dans leurs grottes, les fées,
Ou, sur le bord des eaux, les ondines coiffées
D'iris. de nenuphars et de frais liserons.

Pour vous, mon peintre aimé, j'ai des sites splendides
Et des lacs miroitants, émeraudes humides,
Où viennent s'abreuver les chevreuils frissonnants,
J'ai des torrents hurlant dans le fond des abîmes
Et des prés embaumés — et ces rochers sublimes
Sj fièrement rendus par le *Maître d'Ornans*.

Pour vous. mon doux rêveur, j'ai des bois seculaires,
Remplis d'ombre et de paix ; — j'ai des chants populaires,
Poésie adorable éclose on ne sait où :

Et ces contes sans fin, recueillis aux chaumières,
Devant l'ardent foyer aux fantasques lumières,
A l'heure où geint le vent et pleure le hibou.

J'ai découvert aussi, perdus sous les guirlandes
De nos manoirs croulants — des trésors de légendes
Où rayonne la Vouivre et niche encor Satan ; —
Et si vous ne craignez le houx et les épines,
Pour votre prochain livre, en fouillant ces ruines,
Quelle riche moisson de souvenirs d'antan !

Amis ! du renouveau voici l'agreste fête,
Venez, mon cher artiste et vous mon cher poète !
Et lorsque, saturés d'air et de liberté,
Vous reviendrez lutter en votre capitale,
Vous redirez songeant à ma terre natale :
— *Est-il plus beau pays que la Franche-Comte !*

LA VIERGE NOIRE

A la mémoire de l'Abbé Louis Panier.

On la nomme au hameau   *Notre-Dame-du-Chêne.*
Un artiste naïf à grands coups de ciseau
Autrefois la sculpta dans un morceau d'ébène :
De la Foi sur son œuvre étincelle le sceau.

Sa mystique beauté d'un charme triste est pleine ;
Et, dans son sanctuaire au verdoyant arceau.
Elle a des fleurs des bois. pour chaste encens. l'haleine
Et pour orgue la brise et pour chantre l'oiseau.

Quand se réveille Mai, la jeune chevrière.
Dès l'aube se rendant aux champs, ne manque pas
D'orner son frais autel d'iris et de lilas ;

Et moi. j'ai bien souvent senti de la prière
Le baume sur ma lèvre — en contemplant rêveur
L'Antique Vierge Noire un glaive dans le cœur !

LA FOLLE

Si le hasard vers mon village
Vous conduit, vous rencontrerez
Une folle au morne visage,
Errant pieds nus, yeux égarés.

Elle s'en va, sombre et sauvage,
Par les landes, le long des prés :
Enfants, oiseaux, à son passage,
Soudain s'envolent effarés :

Et pourtant qu'elle etait jolie,
Denise ! Avant que la folie
Sur son front pur ne vint peser —

Jusqu'au soir, où, fêtant la guerre,
Un allemand, ivre de bière,
Souilla sa lèvre d'un baiser !

LE VILLAGE DE BEURE

Près des rives du Doubs est un heureux village
Etalant au soleil ses vignes, ses pourpris !
Beure, tel est le nom de cet Eden sauvage
Pour qui toujours mon cœur d'un même charme est pris.

Nulle part on ne voit les fermes aussi gaies
Montrant leurs toits de brique a travers les pruniers,
Plus de fleurs aux rameaux, plus d'oiseaux dans les haies,
Lorsque brillent d'Avril les rayons printaniers.

Dans ses prés odorants, par ses rochers arides,
J'ai couru, jeune enfant — et des petits bergers
Combien j'aimais les jeux, les courses intrépides :
Avec eux j'ai pillé ses splendides vergers.

A la Saint Jean d'Ete, qu'il m'est doux, un dimanche,
De revoir ce vallon aux souvenirs si chers :
Pour moi qu'elle a d'attraits, sous le noyer qui penche,
Notre pauvre chaumière avec ses pampres verts.

Au détour du chemin, tout emu, je m'arrête
Et contemple un instant les rochers d'Arguel
Crenelant l'horizon de leur bleuâtre crête
Et comme un fort abrupt s'etageant dans le Ciel.

Je contemple le Doubs errant par les prairies,
Ainsi qu'un serpent vert, en zig-zag ondulant ;
Ou bien, autour de moi, les blanches gypseries
Et notre vieille église au dôme de fer blanc :

Je contemple surtout du joli *Bout-du-Monde*
La cascade égrenant ses humides saphirs :
Les soirs d'été, l'on dit qu'une fée en son onde
Vient livrer son beau corps aux baisers des zéphirs :

Mais on m'a vu venir — et ma mère attentive
Vite du buffet tire une nappe où se sent
Une suave odeur d'iris et de lessive,
Et mon père à la cave en sifflottant descend.

Grand'mère, sommeillant dans son fauteuil de chêne,
Se réveille en sursaut sous mon bruyant baiser,
Et, tandis que Medor aboie à perdre haleine,
Le chat sur mes genoux, leste, vient se poser.

Voilà bien la grand' salle aux poutres décorées
De faulx et de rateaux, de grappes de maïs :
Sur les murs je retrouve, images vénérées.
Ferréol et *Ferjeux* les patrons du pays.

Qu'il est bon le dîner dans la faïence peinte
De fantastiques fleurs ou d'un coq jaune et bleu ;
Le vin de *Mercurol* pétille dans la pinte
Et dans les verres coule ardent comme du feu.

C'est d'abord le pain bis avec son goût d'amande.
Le *bresi* rouge et sec qui fait boire à grands coups.
L'omelette d'or. blonde ainsi qu'une flamande.
Et la tranche de lard qui tremble sur les choux.

De bon cœur rit mon père et. sa gaîté, c'est signe
Que ses grands bœufs vont bien et que ses blés sont beaux,
Que les foins ont donné, que superbe est la vigne :
Pourtant d'avance il craint... de manquer de tonneaux.

Fraîche comme son nom, ma cousine Rosette.
A vêpres se rendant. vient nous dire bonjour :
On dirait de *Muller* l'espiègle *Mionette :*
Vraiment elle devient plus belle chaque jour.

Ma sœur en souriant au milieu de nous pose
Un immense gâteau. des fraises de Fontain ;
Et voyant qu'à chanter déjà l'on se dispose,
Mon père apporte encor un flacon de vieux vin.

FLEUR DE COMTÉ

Je veux aimer celui qui m'aime.
Ronde franc-comtoise.

Au village on la nomme Lise
Et, de nos bruyères en fleur,
Elle a toute la grâce exquise
Et la simplesse et la fraîcheur.

Du vallon, c'est la plus jolie.
Son teint par le hâle est doré ;
Vous le dirai je, à la folie,
D'elle je suis énamouré.

Plus séduisante qu'une reine,
Elle fascine mon regard
Avec son court jupon de laine
Et son humble petit foulard.

Ses seize ans seuls font sa parure,
Mais en tresses d'or, sur son cou.
Rutile à flots sa chevelure
Que retient un peigne d'un sou.

Ses yeux ont l'azur des pervenches
Etoilant les bois le matin ;
Comme des muguets, ses dents blanches
Brillent en son rire argentin.

Sa pétulance de fauvette
Me rejouit　pauvre rêveui. —
Et sa gaîté de lutin jette
Des rayons d'aube dans mon cœur !

* *

Quand au printemps, de fleurs coiffee,
Le soir elle revient des prés,
Elle apparait comme une fée
Dans l'éclat des couchants pourprés.

Et. lorsqu'en août les blés ondoient,
Je l'aime aussi par les épis,
Immense etang d'or où flamboient
Les coquelicots de rubis.

Mais plus belle elle est le dimanche
A l'église, quand le soleil
Vient poser sur sa coiffe blanche
Une auréole de vermeil !

.*.

Devant l'âtre, je l'aime encore,
A l'heure où flambent les sarments,
Faisant, sur son rouet sonore,
Prestes, courir ses doigts charmants.

Et l'ame toute émerveillée,
J'écoute sa tant douce voix
Rendant trop courte la veillée
Avec nos vieux noëls comtois.

Ou bien, parfois, elle nous chante
Des *Trois Princesses* la chanson
Et la ballade si touchante
De *Dame Berthe* en sa prison.

.*.

Par les champs où la tâche est rude
Sa pensée inonde mon cœur,
Elle enchante ma solitude
Et rend moins pesant mon labeur.

Et le soir, rentrant au village,
Quoique bien las, je suis joyeux,
Quand je recueille à mon passage
Son sourire délicieux.

Mais pour moi, quel bonheur suprême !
Si Lise allait me dire un jour :
    « *Je veux aimer celui qui m'aime.* »
Et j'ai deviné votre amour ! »

LES FIANCÉS DU SAUT DU DOUBS

Rêvez quelque sublime et rude paysage.
Plein d'une âpre splendeur.
Où l'idylle pourtant, dans sa grâce sauvage.
Sourit au visiteur.

Rêvez des rocs altiers étageant leurs assises
Dans l'infini du Ciel.
Et des sapins géants jetant au vol des brises
Leur hymne solennel :

Rêvez une retraite à peu près ignorée
De l'insipide anglais ;
Des lacs couleur d'opale, en leur onde moirée
Reflétant les chalets ;

Et du sommet des monts un torrent blanc d'écume
Avec fracas roulant.
Niagara Comtois. dont le soleil allume
Le prisme étincelant.

Ce torrent déchaîné qui rugit et bouillonne,
Superbe en son courroux.
Ayant une forêt pour former sa couronne,
Voilà le *Saut du Doubs !*

.˙.

Sur le gouffre voyez cette croix vermoulue
Que de loin le pêcheur pieusement salue.
Des *Fiancés du Doubs* elle rappelle, hélas !
Les fatales amours, le sinistre trépas.
Et, mêlant sa chanson au bruit de la cascade,
Le batelier prudent redit cette balade :

    Les églantiers etaient en fleur.

    Du lac rasant l'onde dormante,
    Le pêcheur Max et son amante
    Voguaient enivrés de bonheur.

    Les églantiers étaient en fleur.

    La nuit brillait toute étoilée,
    Et dans le fond de la vallee
    S'engouffrait le torrent hurleur.

    Les églantiers étaient en fleur.

    — « O Max, murmurait l'amoureuse,
    Que je serai, demain, heureuse,
    Unie à toi par le pasteur ! »

    Les églantiers etaient en fleur.

« Mon ame d'espoir est ravie.
Tu seras l'ange de ma vie. »
Lui répondait le beau pêcheur.

Les eglantiers étaient en fleur.

Longtemps caresse par la brise.
L'heureux couple enlacé. devise,
Perdu dans un rêve enchanteur.

Les églantiers etaient en fleur.

Mais soudain. la frêle nacelle
Sur l'eau qui s'agite — chancelle.
Les amants ont frémi d'horreur !

Les eglantiers étaient en fleur.

Par l'affreux courant emportée
Et contre les récifs heurtee,
La barque bondit, ô terreur !

Les églantiers étaient en fleur.

Le torrent a saisi sa proie.
L'esquif sur le gouffre tournoie,
Amour, Adieu ! Songe trompeur !

Les eglantiers etaient en fleur !

L'AUBERGE DU GRAND S^{T}-NICOLAS

Sur le bord du canal, près de l'écluse, il est,
Toute blanche au soleil, une auberge proprette :
Accorte est la servante à rire toujours prête
Et très digne l'hôtesse au corsage replet.

Tandis que sur l'enseigne, en manteau violet,
Le Grand Saint Nicolas apaise une tempête,
Dans l'immense âtre rouge embaumé de *meurette*,
Baigné de jus d'or, tourne un alléchant poulet.

Cette auberge où chacun à sa guise s'arrange,
Paradis où parfois maint coup de poing s'échange,
Parmi toutes est chère aux mariniers du Doubs ;

Et moi qui ne crains pas horions et vacarme,
En sablant de nos monts le clairet aigre-doux,
A sa table souvent j'ai dîné comme un carme !

LA CAMPENOTTE

IDYLLE JAUNE

～≈～

> Il semble qu'on l'a dorée
> Avec un rayon de soleil.
> Victor Hugo.

Au declin de mars, quand l'hiver maussade
Se casse le cou
Et que retentit la première aubade
Du premier coucou,

Quel charme de voir dans l'herbe encor rousse,
Au halier qui dort,
Frileuse, s'ouvrir ta *campaine* douce,
O narcisse d'or !

Dieu pour te parer mit sur ta corolle
Son plus pur safran ;
Du papillon, sylphe ardent qui te frôle,
L'éclat est moins franc.

Et quand, par les prés que l'aurore embrase,
Tu luis plus vermeil,
On dirait ton front fait d'une topaze
Où rit le soleil !

Ou bien qu'un Nabab, surpris dans la plaine
      Par les malandrins,
A vide, courant, sa sacoche pleine,
      Pleine de florins.

Pourtant, si jolie, helas ! on meprise
      Ta jaune couleur.
Jamais sur le sein d'aucune promise
      N'a brillé ta fleur.

Campenotte — tel est dans mon village
      Ton nom en patois ;
Des jaloux aussi tu fais l'apanage,
      Au Pays Comtois,

Pourquoi ?... C'est qu'on dit qu'un sire à la chasse,
      Pour sa mie un jour
Te cueillant, — rentra — trouvant à sa place
      Galant troubadour.

Etait-ce ta faute ? A cet ironique
      Et sot prejugé,
Je préfère croire à l'ephèbe antique
      En ta fleur change.

Mais, soit *Campenotte* ou gentil narcisse,
      Apporte toujours
Au rêveur qui t'aime, en ton blond calice,
      L'espoir des beaux jours.

Et réjouissant de tes fleurs sa chambre.
Malgre les méchants.
Viens sonner pour lui de tes cloches d'ambre
Le réveil des champs !

CLEF DES CHAMPS

Quand refleuriront les epines blanches,
Au soleil de Pâque encor langoureux,
Belle ! nous prendrons, à travers les branches,
La clef des champs si chère aux amoureux.

Oui, vienne l'avril et ses clairs dimanches !
Par les pres mouilles, vers les lointains bleus,
Ou quelque sous bois jonché de pervenches.
Comme des oiseaux, nous fuirons, frileux.

Et suivant du Doubs, à midi, la berge.
Nous irons diner à la vieille auberge
Où dame l'hôtesse a tant soin de nous.

Là, narguant l'écluse écumant sevère,
Tous les deux gaiment. nous trompant de verie.
Nous nous griserons de nos baisers fous !

LA SOURCE

Petite source bien aimée,
Humide opale de nos bois,
Sous ton odorante ramée,
En ton charme, je te revois.

Je te revois, ô ma naïade !
Et le doux bruit de ta cascade
Des primes amours, dans mon cœur,
Réveille l'adorable chœur.

Je retrouve ton onde pure
Avec ton incessant murmure,
Ton frémissement de roseaux,
Ton ombre calme et tes oiseaux.

Ces chants de merles, de linottes,
S'égrenant en joyeuses notes
De ton feuillage aérien,
Oh ! va, je les reconnais bien !

Rasant de son aile de tulle
Tes joncs — la svelte libellule,
En sa valse aux fantasques tours,
Comme un sylphe danse toujours.

Dans l'obscur fouillis de tes aulnes,
Les nympheas, les iris jaunes,
Comme autrefois, dressent encor
Leurs casques empanaches d'or.

Les voilà tes menthes sauvages
Partout embaumant tes rivages,
Et ton ourlet de vert plantin
Où rit un rayon du matin.

Voilà tes mousses satinées
Pleines de folles graminées,
Et, dans le creux des rocs blottis,
Tes celestes myosotis.

.·.

Voici la margelle ou Claudine
Venait, à mes yeux, fraîche Ondine,
(J'etais toujours là, par hazard)
Emplir sa seille de foyard

Alors, si la fille de ferme,
Penchant sur l'eau sa gorge ferme,
En songeant à quelque galant
Oubliait son seau ruisselant,

Soudain, sortant de ma retraite,
Sur le bras nu de la distraite,
Don Juan de seize ans, je volais
Un baiser suivi... de soufflets !

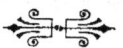

Petite source bien-aimée,
Sous ton odorante ramée
Je veux rêver, rêver longtemps,
En évoquant tout mon printemps !

Et saignant de plus d'une épreuve,
Tandis qu'à son flot je m'abreuve
Et que sous ton cristal beni
Mon front s'éclaire rajeuni,

Autour de moi je crois entendre
Les mille bruits de la forêt
Me murmurer, berçeuse tendre :
    Nous savions bien qu'il reviendrait ! »

L'ÉGLOGUE INTERROMPUE

Fuyant Besançon, la cite guerrière,
J'allais un matin, sur les bords du Doubs,
Ecouter des nids l'hymne printanière
Et revoir de Mai le réveil si doux.

Le grand soleil d'or versait sa lumière ;
Calmes, humant l'air, paissaient les bœufs roux.
D'amour tressaillait la nature entière ;
La terre et les cieux disaient : — Aimez-vous !

J'emperlais déjà les vers d'une églogue
Quand, moqueur contraste, en les pres fleuris
Je vis manœuvrer de pauvres conscrits :

Et brutal, un chef, de sa voix de dogue,
Leur criait fouettant leurs chevaux cabrés :
A droite pointez, à gauche sabrez !...

PORTRAIT A LA PLUME

De l'alise des bois sa lèvre a la fraîcheur.
De son cou, pur paros, la ligne est ravissante.
Pradier eut adoré sa poitrine naissante:
Ses yeux, diamants noirs, enchantent et font peur :

D'une Espagnole elle a l'expressive pâleur :
Enfin, du pied au front, elle est toute charmante ;
Et la *Militona*, (1) souriant sous sa mante,
Dirait en la voyant : — N'êtes-vous pas ma sœur ?

Sans doute vous croyez que cette enfant si belle,
Que je viens d'esquisser d'une plume rebelle,
Est une altière fleur de quelque haut blason?

Vous vous trompez : non, c'est une simple horlogère,
A la robe d'oxford écourtée et légère :
Une églantine éclose au fond de Besançon !

(1) De Th. Gauthier.

NOSTALGIE

En ma froide mansarde, exilé dans Paris,
Ce soir, mon triste cœur de nostalgie est pris.

Et tandis que le vent sanglotte à ma fenêtre,
Je songe au toit béni, là-bas, qui m'a vu naître.

Dans un heureux mirage, attendri, je revois
Tout ce que j'adorais au vallon franc-comtois.

Je revois nos vieux monts, dressant dans la lumière
Leurs fronts majestueux couronnés de bruyère ;

Je revois nos pres verts tout constellés de fleurs,
Et nos sapins géants remplis d'oiseaux siffleurs ;

Je revois, par les champs, travaillant dur et ferme
Mon père — et sur le seuil calme de notre ferme,

Ma mère regardant, des larmes plein les yeux,
La route où je reçus en partant ses adieux.

Mais pendant qu'au pays le souvenir m'emporte,
Un petit poing mutin, soudain frappe à ma porte,

C'est Ninon, ma voisine, au rire de cristal,
Me criant : — Beau rêveur, je vous emmène au bal !...

FÊTE DE VILLAGE

Tout le village est à la fête
Et la montagne danse autour.
Pierre DUPONT.

I.

Les Chevaux de Bois.

Au village c'est fête, et la foule se presse
Vers les chevaux de bois : virant les pieds en l'air.
Les uns sont mouchetés ainsi qu'une tigresse,
Les autres couleur d'ocre ou de chocolat clair.

D'un éperon absent, les bambins en liesse
Talonnent leur coursier, plus fiers qu'Abd el-Kader.
Et mainte Margot prend des poses de duchesse.
Assise en son panier filant comme l'éclair.

Tandis que râle et geint l'orgue de Barbarie
Et que le carrousel sur sa charpente crie.
A travers le damas des rideaux lézardés

On aperçoit, au fond de l'horrible machine.
Haletant sous les coups qui zèbrent son échine.
Un vieux *vrai* cheval tournant les yeux bandés.

II.

Les Bateleurs.

Voici les bateleurs ! Ah bon Dieu ! quel tapage !
Sur le seuil de la loge aux sordides rideaux.
Un pitre, barbouillé de suie et de cirage,
Harponne et fait entrer de force les badauds.

Montons donc pour cinq sous voir la femme sauvage.
Horreur ! c'est elle avec ses dents de dominos;
Hurlante. elle se rue aux barreaux de sa cage
Et dévore tout vifs d'innocents lapinaux.

Un peu de complaisance, allons, qu'on se recule
Pour mieux voir se briser sur le ventre d'Hercule.
A grands coups de marteau, cet énorme pavé ;

Et pendant que les clowns, sur une rosse étique,
S'escriment à des jeux qui n'ont rien de l'Attique,
L'âpre piston écorche un air de l'*Œil crevé !*

III.

Le Bal.

Dans l'enclos de l'auberge au malingre feuillage,
Où chantent les buveurs   un bastringue est construit
Quatre quinquets fumeux voilà tout l'éclairage,
Mais aux fronts la sueur en gouttelettes luit.

La caisse, le trombone et le fifre font rage :
Par le Diable on dirait que l'orchestre est conduit :
Sur le plancher craquant tel qu'un brick qui naufrage,
La botte des valseurs comme un pilon bruit.

Voici la grosse Jeanne avec le petit Blaise.
Et Toinon, la meunière, au bras du beau Nicaise.
Le fils du maire aussi par le quadrille est pris :

Mais quoique des danseurs on le dise la crème,
Pour les *beautés* du bal l'attraction suprême
Est ce joli sergent arrive de Paris ! ..

SUR UNE TOMBE

> Morte. Morte, ma pauvre femme !
> Max Buchon.

Sur le tertre encor frais où sa femme repose,
Pierre, le forgeron, est venu déposer
Un énorme bouquet de chèvre-feuille rose,
Et d'intense douleur sent son cœur se briser.

Ainsi, chaque dimanche, il vient sur cette tombe,
Fuyant les compagnons à l'auberge attablés :
Là, de sa chère morte il croit, au fond des branches,
Ouïr en longs sanglots les appels désolés.

L'artisan, tête nue, est debout, morne, grave,
En ses habits de deuil assombrissant son teint :
L'ennui, plus que la forge, a brûlé son front hâve
Et corrodé son œil par les larmes éteint.

De ses beaux jours perdus en renouant la trame,
Il se laisse gagner par un charme attristant,
Et répète attendri : « Marthe, ma sainte femme,
Pourquoi m'avoir quitté quand nous nous aimions tant ! »

.˙.

Avril, comme aujourd'hui, rayonnait tout en fête.
Lorsqu'au pied de l'autel, le Ciel comblant ses vœux,
Il lui donna son nom   En sa fraîche toilette,
Qu'elle était belle alors, des fleurs dans ses cheveux.

Doux cadeau du bon Dieu, bientôt une fillette
Vint réjouir leur nid comme un oiseau jaseur :
Et Pierre, en la voyant si rose en sa couchette,
Crut qu'il deviendrait fou d'amour er de bonheur.

Les samedis de paie, oh ! quelle joie encore
Quand il rentrait avec ses beaux écus tintants :
Le lendemain, sitôt que blanchissait l'aurore,
Le ménage partait se griser de printemps.

Que de joyeux dîners faits à l'ombre d'un saule,
Au bord de quelque étang, parmi les boutons d'or,
Le soir, il revenait, portant sur son épaule
Sa petite endormie — adorable trésor !

Et par le long ruban de la route poudreuse,
De mille fleurs sans nom une gerbe en ses bras,
La mère les suivait, lassée et tout heureuse,
Couvant de l'œil l'enfant, surveillant les faux pas.

Et la lune, parfois emergeant d'un nuage,
Se penchait pour les voir, les baignant de rayons,
Tandis que dans les pres, au bruit de leur passage.
Brusque, s'interrompait l'aigre chœur des grillons.

⁙

Ainsi, pour eux, la vie etait calme et légère ;
Mais vint l'hiver fatal, où, comme un noir vautour.
La phtisie étreignit l'active ménagère
Et chassa du logis le bonheur sans retour.

Il la revoit toujours, sur son lit d'agonie.
Lui murmurant tout bas dans son râle étouffant :
— Si quelque autre compagne à ton sort est unie,
Oh ! fais qu'elle ait bien soin de notre pauvre enfant !

Puis un matin de mars, sa paisible mansarde
S'emplit d'amis émus et de voisins en deuil ;
Et le front a la vitre, en la brume blafarde,
Il vit de son amie emporter le cercueil.

A ces chers souvenirs, au fond de l'âme, Pierre
Sent plus vives encor s'irriter ses douleurs,
Et, de sa main calleuse essuyant sa paupière,
Fait rouler sur la tombe un chapelet de pleurs.

∴

Suspendue à son bras, se tient Jeanne, sa fille,
Un ange de dix ans, navrante de pâleur ;
Et pendant qu'autour d'eux le printemps chante et brille
Pierre. en la contemplant. flaire un nouveau malheur !

TABLEAU RUSTIQUE

De ma fenetre où rit le gai soleil de Pàques
Je contemple un rustique et gracieux tableau :

Cru mort à Reischoffen. le grand cuirassier Jacques
Est enfin de retour en *semestre* au hameau.

Sur le banc de la ferme, assis dans les pervenches,
Il tient sur ses genoux son blond petit neveu ;
Le brave lui sourit en écorçant des branches ;
Du chérubin ravi, rayonnant est l'œil bleu.

Et moi, comme l'enfant, saisi d'un charme extrême,
Je contemple, poème à moi seul entr'ouvert,
Ce doux géant faisant à ce bambin qu'il aime,
    Des sifflets de bois vert !...

                (1871).

LA ROSE DU JURA

Aux bords que la *Glantine* arrose.
Je sais, au pays de Comté,
Une enfant, une exquise rose
De candeur et de pureté.

Loin de nos monts, par la névrose
Et le doute désenchante,
Au fond de mon âme morose
Son souvenir seul est resté.

O charmes des amours premieres !
Idylle eclose en nos chaumières.
Que jamais mon cœur n'abjura.

Toujours bercez ma rêverie,
Où passe, en sa grâce fleurie,
Ma chaste rose du Jura !...

MA CHAUMIÈRE

Quand refleurit sous ma fenêtre
Le petit rosier emporté
Du toit béni qui m'a vu naître,
Doucement je rêve attristé.

Ses pâles fleurs étiolees
Me rappellent   charme attendri,
Nos melancoliques vallées
Et mon vilage tant cheri.

Je retrouve en leur vague arôme
De nos prés verts la saine odeur,
Et je crois revoir l'humble chaume
Où toujours s'envole mon cœur !

Par la paix demeure enchantee,
Phalène qu'attirait Paris,
Hélas ! pourquoi t'ai je quittée,
O toi le plus doux des abris !

*
* *

Oh ! oui, je l'aime ma chaumière,
C'est là mon unique trésor !
Mais le bon Dieu l'orne de lierre
Et de chelidoine aux fleurs d'or.

Son toit couvert de paille sèche,
En mai, se couronne d'iris :
A sa muraille qui s'ebrèche]
Grimpe un flot de volubilis.

Sur le seuil, est un banc de pierre,
Où ma mère, assise rêvant.
Pour l'absent fait une prière
Qu'une larme achève souvent.

D'ici, je vois, blanche et proprette,
Ma chambre avec ses volets verts
Et la table en sapin — discrète,
Où j'ai commis mes premiers vers.

En rond couche sur la croisee
Dort le chat — de son œil mi-clos,
Sournois, il suit dans la rosée
Les ébats des pinsons du clos.

Tandis que s'abreuvent à l'auge
Les bœufs aux mufles ruisselants,
Sur la margelle, où croit la sauge,
Descend un vol de pigeons blancs.

L'essaim laché des poules gratte
Le fumier en tas dans la cour ;
Plumes d'or vert, crête écarlate,
Un coq don Juan leur fait la cour.

Ce calme Éden est ceint de haies
De ronces folles et d'osier.
D'où les fauvettes toutes gaies
Jettent leurs chants à plein gosier.

Dans le fond, pour tout paysage.
Quelques arbres. au vent tremblant.
Et — svelte. émergeant du feuillage.
Notre église au coq de fer-blanc.

.·.

Sous le dais d'un antique érable,
Souvent, par les beaux soirs d'été,
Babet dresse la grande table
Où l'appetit est invité.

Rude et chaude fut la journée
Sous le grand soleil flambovant,
Mais de la plaine moissonnée
Les chars reviennent en criant.

Quel bon diner sous la ramee !
Qu'il est savoureux le pain bis ;
La soupe aux choux fume embaumée
Et le clairet coule en rubis.

Alors vers Dieu levant son verre,
Que chacun veut heurter du sien :
— Amis, buvons, dit mon vieux père,
A notre cher « Parisien ! »

L'hiver. quand aux bois le vent brame.
La chaumière est charmante aussi ;
Devant l'âtre où danse la flamme,
En cercle on se presse transi.

Grand'mère de sa voix tremblante.
Au bruit des rouets bourdonnants,
Nous dit quelque histoire troublante
De gnomes ou de revenants.

.*.

Science, gloire, vain bagage !
Je vous donnerais volontiers
Pour la moindre rose sauvage
Là-bas, cueillie en nos sentiers.

Seigneur ! c'est ma seule prière !
Accorde-moi la grâce un jour
D'aller vieillir dans la chaumière
Où j'ai laissé tout mon amour !

LA VEILLÉE

Quand le vent se déchaîne en la forêt rouillée
Et que la neige tombe à flocons sur les toits.
Qu'il est doux de venir s'asseoir à la veillée
Devant l'âtre éclatant de nos chalets comtois.

Alors nous écoutons, l'oreille émerveillée,
Quelque conte bien noir, légende d'autrefois ;
Et ma sœur, en faisant tourner sa quenouillée,
Nous dit. de sa voix d'ange. un vieux noël patois.

Tandis qu'en perles d or le blond maïs s'égrène
Et que le rouge-gorge, ainsi qu'une âme en peine,
Des ailes et du bec, vient frapper aux vitraux,

Mon père. pour charmer la fin de la soirée,
De son *pulsar* débouche une fiole empourprée,
Où flambe en gais reflets le sang de nos coteaux !

LA MUSE

Est-ce toi dont la voix m'appelle !
A. DE MUSSET.

Oh ! savez-vous le nom de *Celle* que j'adore,
Moi, rêveur, en ce siècle égoïste egare ?
De sa voix. douce ainsi qu'un frisson de mandore.
Elle berce mon cœur d'Idéal altere.

Dans mon triste reduit, comme un rayon d'aurore.
Parfois elle s'arrête en son vol éthéré,
Et. près des clairs étangs, je la retrouve encore.
Quand en Mai, dans les bois, je m'enfonce enfièvre.

Cette fée enchantant les ombres de ma vie
Et dont chaque caresse est de larmes suivie.
Charmeresse qui tue en son baiser fatal.

C'est la Muse inconstante   et cependant fidèle.
Qui viendra, j'en suis sûr, m'abriter sous son aile
Quand mes yeux s'éteindront un jour — à l'hôpital !

AQUARELLES

NOUVELLES POÉSIES

RENOUVEAU

Un charme m'a guéri.
CHATEAUBRIAND.

Après six mois de froid, de neige et de bruine,
J'ai vu, de ma fenêtre ouverte à deux battants,
Paré d'or et d'azur, couronné d'aubépine,
Revenir, ce matin, le « Chevalier Printemps. »

Pour fêter son retour, du haut de la colline,
Le Soleil ruisselait en rayons éclatants,
Pendant que dans les bois, sous les rameaux d'hermine,
Mille oiseaux s'éveillaient, d'amour tout palpitants,

Et moi, le cœur toujours rempli d'ombre et de peine,
Triste, je murmurais :   De ta suave haleine
Ne pourras-tu jamais, Avril, sécher mes pleurs !

Mais tout à coup, la Muse en frappant à ma porte
Me dit : — Réjouis-toi, Poëte, je t'apporte
Des chants nouveaux plus doux que les nouvelles fleurs !

MES AMOURS

Je t'aime avec amour, céleste Poésie
Rayon d'or dissipant les ombres de ma vie.
Qu'il fut doux sur mon front ton baiser ethéré :
Muse ! de toi toujours amoureux je serai !

Je t'aime avec amour, pauvre Reine outragée,
O France ! mais un jour, va, tu seras vengée,
Et plus resplendissant luira ton nom sacré.
France ! de toi toujours amoureux je serai.

Comme on aime une mère, avec idolâtrie,
Franche-Comté, je t'aime, âpre et douce patrie !
Et fier d'être ton fils, moi, ton chantre ignoré,
Comté, de toi toujours amoureux je serai !

Je vous aime d'amour, lys sans tache, églantines
Embaumant nos courtils de vos senteurs divines
Promettez-moi, de grâce, amis, quand je mourrai,
D'orner mon humble croix d'un beau rosier pourpré.

AVRIL

VARIATIONS SUR UN VIEUX THÈME

> Avril, l'honneur des mois
> Et des bois.
> Rémi BELLEAU.

Voici venir l'Avril. Mignonne !
Le ciel est couleur de lapis,
La rosée aux gazons rayonne
Et diamante leurs tapis

L'aurore. ainsi qu'une féerie.
Embrase les bois. les pourpris ;
D'une indicible griserie
Les fleurs et les oiseaux sont pris.

Mille étoiles couvrent les haies,
Les champs sont pleins de mélilots ;
La source rit sous les futaies,
Le muguet ouvre ses grelots.

La-bas, le coucou, ce flûtiste,
Sonne clair au fond des halliers ;
Sur les bords de l'étang moins triste.
D'amour frémissent les ramiers.

Par les vergers, l'abeille assiège
Les blancs fleurons des cerisiers.
Et saccage la rose neige.
La rose neige des pommiers.

Dans les sainfoins et l'herbe folle
Le chœur incessant des grillons
Accompagne la farandole
Des guêpes et des papillons.

Et tandis que les paquerettes.
Des merles bravant les lazzis.
Dressent leurs blanches collerettes
Comme d'altières Médicis,

Dans le frais fouillis des ramilles.
Fauvettes, bouvreuils et pinsons
Eperdument jettent leurs trilles
Et les perles de leurs chansons.

Voici l'Avril ! Oh ! quand tout chante,
Toi de nos monts la reine absente.
Mignonne, ne viendras tu pas
Revoir encor plus séduisante,
Idylle toujours renaissante,
La grande fête des lilas !

⁂

Cette idylle, malgré ses vers un peu rebelles,
Je l'avoue, est charmante — et Racan n'eut pas mieux

Chante du renouveau le réveil gracieux :
      Et cependant, ô belles !
Si, menteur, un poète (ils le sont tous un peu)
En vers à l'eau de rose. au printemps. vient vous dire
Qu'il a vu le soleil dans le ciel tiède et bleu.
Comme au temps de *Belleau* rayonner et sourire
Et les prés s'etoiler de mille boutons d'or ;
      Si. plus hâbleur encor,
Il assure avoir vu les amants. sous les branches.
S'en aller effeuillant les marguerites blanches.
En répetant les chants de *Dorat*, de *Segrais* :
      Ou que dans les forêts
Il a des rossignols ouï les cantilènes
Et la voix des ramiers soupirant sous les chênes,
A l'heure où la rosee irise les lilas :
Aux fêtes de l'Idylle, enfin, s'il vous invite.
Gardez-vous de le suivre. Avril n'est plus qu'un mythe.
Il vous trompe, vous dis je, oh ! ne le croyez pas !...

*
* *

Mais tandis que, boudeur. au coin du feu je glose
Avril et ses rimeurs — sur mon balcon. soudain,
Un rayon de soleil descend furtif et rose,
Et d'un rire perlé retentit le jardin.

      Voici l'Avril ! voilà Mignonne !
      Dans ses blonds cheveux de madone
      La primevère et l'anémone
      Se mêlent au premier muguet ;

A son aspect tout s'illumine,
L'oiseau chante sous l'aubepine.
Et, comme un défi, la mutine
Me jette. en fuyant. son bouquet !..

LA MARCHANDE DE MUGUET

Il est parmi nos chevrières
Une fillette aux blonds cheveux,
Plus légère que les verdières.
Avec ses petits pieds nerveux.

Sitôt qu'aux brises printanières
Se réveillent les bois ombreux.
Elle s'en va par les clairières
Cueillir la « *Fleur des amoureux.* »

Et dès que le dimanche arrive,
Au bourg voisin. joyeuse et vive.
Elle court offrir ses muguets,

Ne se doutant pas, la mignonne.
Que pour un décime elle donne,
Avril ! tes perles en bouquets ! ..

FLEUR DES BOIS

De la clairière profonde
Ensoleillant le sentier,
J'ai rencontre. rose et blonde.
La tille du forestier.

Admirant sa taille ronde.
Sa lèvre. fleur d'églantier.
Mon cœur, en une seconde.
D'amour fut pris tout entier.

Et tandis que la fillette.
Fuvant comme une chevrette.
De mon trouble se riait.

J'ai cru voir sous la hétrée,
Passer ta Muse adorée.
Mon doux Maître. ò Theuriet !...

LES FLEURS DE LA S^T-GEORGES

— ᐧᐧᐧ —

Vingt trois Avril ! C'est la Saint-Georges !
Comme un jeune dieu. le soleil.
Surgissant des celestes forges,
Se lève aujourd'hui plus vermeil.

Tout est chansons, rayons, arômes :
Le gentil printemps à foison
Orne les champs. les bois, les chaumes
D'une splendide floraison.

Oh ! l'indicible matinée !
Les fleurs, les fleurs, partout les fleurs
Diaprent l'herbe satinee :
Fleurs sans nom aux mille couleurs.

Etoiles blanches ou rosees.
Grappes d'argent et boutons d'or
Dont les sidérales rosées
Ont emperlé le frais trésor :

Ombelles de nacre et de moire,
Corolles débordant de miel,
Calices purs où viennent boire
L'insecte et les oiseaux du ciel ;

Campanules en girandoles,
Thyrses des lilas irisés.
Que saccagent les farandoles
Des bourdons de parfums grisés.

En fête même sont les landes :
Et si les bois sont encor roux.
La pervenche étend ses guirlandes
Et moins moroses sont les houx.

L'epine noire a son hermine.
Le coudrier ses chatons verts.
Et les prés, que l'aube illumine.
De sainfoins roses sont couverts.

En gerbes d'or, la giroflee
Jaillit des fentes du vieux mur ;
De chaque pierre descellée
S'elancent les iris d'azur.

Près des violettes sournoises
Embaumant l'ombre des buissons,
Les scilles, comme des turquoises.
Piquent le velours des gazons.

Et puis, partout les paquerettes
Riant des sifflets des grillons,
Livrent leurs blanches collerettes
Aux baisers fous des papillons.

.·.

Narcisses blonds et primevères.
Myosotis aux yeux si doux,
Fleurettes chères aux trouvères.
Joyaux d'Avril, salut à vous !

Salut a vous ! ô fleurs nouvelles.
Dont le parfum monte au ciel bleu
Et qui nous revenez fidèles
Comme un sourire du bon Dieu !

.·.

Devant cette fête adorable
De Saint Georges toujours vainqueur.
Je sens une extase ineffable
Descendre a grands flots dans mon cœur.

Et toi. quand tout brille, aime et chante.
Dans l'ivresse de ce beau jour.
Laisse en ton âme, ô ma charmante '
Fleurir aussi la fleur d'amour !

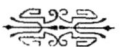

COMMENT JE DEVINS FANEUR

Je fais ce que sa fantaisie
Veut m'ordonner.   A. DE MUSSET.

Oh ! oui. je veux encor. mon Doubs. sous tes saulees.
     Par tes prés et tes bois.
Revenir evoquer. idylles envolees.
     Mes printemps d'autrefois !

Ce fut par un beau jour de juin, que, sur ta rive.
     Pris d'un charme soudain,
Je vis Jeanne au milieu des faucheurs   rose et vive.
     Relevant un *andain*.

Et pendant que j'allais dans l'aurorale fête.
     Quelque églogue rêvant,
A mes yeux rayonnait, idylle toute faite,
     Un vrai *Greuze* vivant !

Longtemps je l'admirai, la fillette ingenue.
     En sa candeur laissant
Le grand soleil ambrer de son épaule nue
     Le contour ravissant !

Dans les prés exultant tout baignés, de lumière.
Son agreste beauté
Avait le chaste éclat d'une rose trémière
Par les aubes d'été.

Je regardais courir dans la houle des herbes
Ses jolis pieds nerveux,
Tandis que le pollen qui s'elevait des gerbes
Poudrait ses blonds cheveux.

Parfois un liseron, parure improvisée,
De sa fourche envole,
A son chapeau de paille, humide de rosee.
Scintillait enroulé.

Que son rire était clair, quand sa jupe de serge
S'accrochait aux chardons,
Ou bien qu'effrontément frôlant ses bras de vierge
Passaient quelques bourdons !

J'invoquais mes plus chers auteurs : Chénier, Horace,
Pour lui dire combien
De leurs nymphes d'antan elle éclipsait la grâce
Mais je ne trouvais rien.

Cependant je croyais ouïr sur le rivage
Comme un concert moqueur,
C'étaient merles et geais cachés dans le feuillage
Qui me sifflaient en chœur.

Et puis. des gars narquois que m'importaient les gloses.
De plus en plus saisi.
Je ne voyais que Jeanne, emmi les sainfoins roses.
Me regardant aussi.

Et comme toujours là. j'étais lèvre muette :
— Fi. le vilain flaneur !
Me dit Jeanne en m'offrant un râteau — D'un poète
Elle fit un faneur !

A son défi, lançant ma veste par les meules.
Sous l'ardent soleil d'or.
Je fis voir que rimer ne rend pas les bras veules.
Ah ! j'en ai chaud encor !

A moi seul j'aurais bien fané la plaine entière :
Mais, dans la paix du val.
L'Angelus de midi jeta sa gamme claire
En notes de cristal.

Et devenus amis — sous un buisson d'airelle
Epandant ses fraîcheurs.
Je partageai gaîment, assis près de la belle.
Le repas des faucheurs.

Que l'appetit est franc, quand aux champs. dur et ferme.
Dès l'aube on a peine :
Le panier apporté par la fille de ferme
Fut vite retourné.

Jeanne. d'un dernier coup d'une fine piquette
  Emplit le broc d'étain.
Puis chacun pour une heure, en bravant l'etiquette,
  S'endormit sur le thym.

*
* *

Et. poète toujours, de la belle railleuse,
  Doux souvenir seche.
Je garde en mon *Chénier* un brin de scabieuse
  A sa gerbe attache.

.   .   .   .

Oh ! oui, je veux encor, mon Doubs, sous les saulees,
  Par tes pres et tes bois.
Revenir évoquer. idylles envolees,
  Mes printemps d'autrefois !

MARIA

SONNET DU MOIS DE MAI

Virginal amandier, suave rose blanche,
Neige de l'aubepine embaumant les rochers,
Diamant de rosee au cœur de la pervenche,
Pales fleurons d'avril, etoiles des pêchers ;

Gazouillements des nids, le matin, sous la branche,
Trilles des rossignols dans les saules caches,
Frissons de la forêt qui sous le vent se penche,
Gammes des *Angelus* s'envolant des clochers ;

Magnifiques accords de l'orgue des églises,
Ou dans les nuits d'ete vagues soupirs des brises,
Aubes au front de flamme et couchants radieux ;

Fleurs, lumieres et chants, parfums de la prairie,
Oh ! vous êtes moins purs et moins mélodieux
Que le nom adorable et béni de MARIE !

LE BOUQUET SURPRIS

Pour fleurir ma mie en ce mois d'amour,
J'ai couru les bois au lever du jour.

J. B. CLÉMENT

Dès l'aube pour ma bien aimée
Par la forêt je suis allé
Cueillir l'aubépine embaumée
Et le gentil muguet perlé.

Dans les bois c'était grande fête :
Avril irradiait vainqueur.
Ses parfums me tournaient la tête.
Ses chansons me grisaient le cœur.

Partout s'éveillaient sous les branches
Les aubades des oisillons :
Prenant des baisers aux pervenches,
Lascifs, passaient les papillons.

Ainsi qu'une harpe divine.
Le vent chantait dans les halliers,
Faisant neiger la fraîche hermine
Des pétales des prunelliers,

Et cependant qu'enamourées.
Les colombes se becquetaient,
En traits de feu, sous les hêtrées,
Des rayons d'aurore éclataient.

Effrayant les grillons dans l'herbe.
J'allais moissonnant mille fleurs :
Tandis que je formais ma gerbe.
Merles et geais sifflaient railleurs.

Et songeant a mon amoureuse.
Je fis un bouquet sans pareil.
En la voyant d'avance heureuse
De le trouver à son réveil.

Mais tout a coup. dans la clairière.
Je vis briller un œil ardent :
C'etait Nelly, la chevrière,
Curieuse, me regardant.

De ses dix-sept printemps parée,
Elle était là, sous les rameaux.
Nymphe par le hâle dorée,
Dieu ! que ses bras nus etaient beaux !

Sa chevelure ensoleillée,
Qu'une renoncule etoilait.
Sur sa pauvre mante éraillée
En fauves tresses rutilait.

Admirant sa grace coquette,
Malgré ses taches de rousseur,
Je croyais voir de la *Fadette*
Sourire devant moi la sœur.

Je sentais sa beauté sauvage
D'un charme exquis m'ensorceler,
Et j'entendais dans le feuillage
Plus fort les sifflets redoubler.

L'âme de plus en plus troublée,
Tout etourdi par les sifflets,
Devant la fillette endiablee,
Comme un écolier, je tremblais.

— Oh ! le joli bouquet, dit elle,
Avec un air moqueur et doux,
C'est, je gage, pour votre belle ?
— Oui, repondis je..., il est à vous !

A UN POÈTE RUSTIQUE

C'est de tout cœur que je loue,
  O mon cher *Duplain*.
Ton petit livre — « *La Loue* »
  D'un grand charme plein.

Il s'exhale de ces pages.
  Prestige de l'art.
Un parfum de pâturages
  Et de soupe au lard.

Ta Muse un peu débraillée.
  A tous les buissons
De la lande ensoleillée
  Ravit des chansons.

Bacchante agreste, elle chante
  Des ceps le trésor,
Et sa rime n'est méchante
  Que pour le veau d'or.

Elle va. d'air pur grisée.
  Du bois au courtil.
Epier dans la rosée
  Le reveil d'avril.

En passant, sa main caresse
    Aux sillons, les bœufs,
Dont le col puissant se dresse
    Vers les lointains bleus.

D'amour — attendrie — elle aime
    L'insecte et l'oiseau,
Et, comme elle, ce bohème,
    Qu'on nomme moineau.

Aussi douce que folâtre,
    Elle vient souvent
Baiser au front, près de l'âtre,
    L'aïeule rêvant.

Ou parfois, elle patauge
    Avec les fermiers
Dans la bouse autour de l'auge
    Et l'or des fumiers ;

Mais plus fraîche elle est encore
    Quand, en jupon court,
Au temps des foins, à l'aurore,
    Dans l'herbe elle court.

.

Qu'ils sont vrais les paysages
    En leur âpreté,
Que la Loue aux flots sauvages
    Emplit de clarté.

Tes bouviers passent robustes
  Dans les gras terreaux,
Faisant de leurs vastes bustes
  Bomber leurs sarreaux.

Par les fermes où tu rôdes,
  Ton crayon exquis
Nous rend nos *mangeurs de gaudes*
  En vivants croquis.

J'aime aussi dans leurs ripailles
  Tes gars attables
Et les vins de tes futailles
  Largement sablés.

Alléchante est ta *Cuisine*
  Où l'on sent soudain
L'appetit qui vous lancine
  Au flair du *Boudin*.

Et quand au foyer ronronne
  Le chat, sphinx pervers.
Tu lui fais une couronne
  De tes plus doux vers.

Si ta *Baigneuse* fascine
  Mon regard épris.
Bien joli, sous la glycine,
  Est ton *Lézard gris*

Enfin, partout dans ton livre.
Ou tendre ou narquois.
Ami, franchement se livre
Ton cœur de Comtois.

Et, comme l'*Arbois* petille
Au saut du bouchon,
Dans ton œuvre éclate et brille
L'âme de Buchon !

ROSE DES BOIS

IDYLLE ROSE

Je veux sur un air de hautbois.
　Chanter ma mie,
　　Ma mie
　　　Jolie,
Je veux sur un air de hautbois
Chanter la Rose de nos bois.

De la forêt suivant l'orée.
Ce fut par un soir de printemps
Qu'en l'éclat de ses dix-sept ans.
Rose des bois j'ai rencontrée.

Je veux sur un air de hautbois
Chanter la Rose de nos bois.

Etait ce quelque nymphe eclose
Dans les poemes de Chenier ?
Non, sous le toit d'un charbonnier
Elle avait fleuri — chaste rose !

Je veux sur un air de hautbois
Chanter la Rose de nos bois.

Se croyant seule avec ses chèvres,
La belle chantait en patois
Un de ces vieux noëls comtois
Dont l'air obsède encor mes lèvres.

Je veux sur un air de hautbois
Chanter la Rose de nos bois.

En sa simplesse. un grain coquette.
L'enfant mignonne avait posé.
Moins rose qu'elle, un brin rose
D'églantine à sa gorgerette.

Je veux sur un air de hautbois
Chanter la Rose de nos bois.

Et quel charme en sa grâce espiègle !
Sur son front d'ambre, en frisons fous,
Comme un nimbe, flambait l'or roux
De ses cheveux couleur de seigle.

Je veux sur un air de hautbois
Chanter la Rose de nos bois.

Fascine par l'enfant sauvage,
Mais dont le chant était si doux,
Je vins m'asseoir a ses genoux.
A ses genoux. sous le feuillage.

Je veux sur un air de hautbois
Chanter la Rose de nos bois.

Tandis qu'à l'horizon en flamme
Le grand soleil, rouge, sombrait.
Les derniers bruits de la forêt
Suavement nous troublaient l'ame.

Je veux sur un air de hautbois
Chanter la Rose de nos bois.

Longtemps, sous les arceaux des branches.
Nous restâmes à deviser.
Et ce soir là, rien qu'un baiser
Me fut permis sur ses mains blanches.

Je veux sur un air de hautbois
Chanter la Rose de nos bois.

Depuis, souvent sous les érables.
Nous revînmes dans la forêt
Causer d'amour, d'avenir et
De mille choses adorables.

Je veux sur un air de hautbois
Chanter la Rose de nos bois.

Je lui disais :   Si tu veux. belle !
J'entrerai chez les bucherons :

Là. de plus près. nous nous verrons, »
— En nous aimant ! répondait-elle.

Je veux sur un air de hautbois
Chanter la Rose de nos bois.

Cependant, Rose, à la vesprée.
Trois soirs de suite ne vint pas :
Et. comme en vain. bien triste. hélas !
Toujours j'attendais l'adorée.

Je veux sur un air de hautbois
Chanter la Rose de nos bois.

Voici qu'un vieux braconnier passe
En me jetant ces mots railleurs :
« Mon beau galant, cherchez ailleurs.
Rose est avec le garde chasse ! »

Je veux sur un air de hautbois.
　　　Pleurei ma mie
　　　　　Ma mie
　　　　　Enfuie.
Je veux sur un air de hautbois
Pleurei la Rose de nos bois !

AU FOND DU PARC

Abrité de Juillet ardant ses traits de flamme.
Au fond de votre parc, ou pleure le jet d'eau.
Sur les mousses — le cœur rempli de vous, Madame.
Hier, je m'endormis en rimant un rondeau.

Alors en un doux rève illuminant mon ame.
Des branches je vous vis soulever le rideau.
Et de vos chers baisers qu'à genoux je réclame.
Votre lèvre à mon front mit un divin bandeau.

Je ne sais pas combien de temps dura mon somme.
Ni ce songe. qu'helas ! confus, je vous dépeins.
Mais quand je m'eveillai. l'ombre couvrait les pins.

Et tout à coup. un garde a la voix de rogomme.
M'étreignit en criant : « Il faut que je t'assomme.
Toi qui viens chaque nuit me voler mes lapins ! »

COIN DE FORÊT

Sous les saules au long feuillage,
Je sais perdu dans la forêt.
Rempli de parfums et d'ombrage,
Un petit coin d'Eden secret.

Dans cette oasis inconnue,
Parmi les folles floraisons,
Jaillissant d'une roche nue,
Un ruisseau rit dans les cressons.

Il s'en va, joyeux et rapide,
Ainsi qu'un saphir transparent,
Brisant son flot, cristal humide,
A tous les cailloux en courant.

Avec ses eaux couleur d'etoile,
Sous la futaie en sombre arceau,
On dirait quelque fraîche toile
Ou d'*Isenbart* ou de *Rousseau*.

Au bord de ses rives charmantes,
Où flambe l'or des grands iris,
Dans l'odorant fouillis des menthes,
Luit l'œil bleu des myosotis.

A ses ondes, seuls, viennent boire
Les chevreuils au lever du jour.
La couleuvre aux reflets de moire
Et les ramiers brûlant d'amour.

Parfois. dans l'obscure ramée.
Un rayon de soleil glissant.
Ainsi qu'une flèche enflammée.
Sur ses flots ricoche en passant.

Et dans les joncs, ce sont les merles
Lançant leurs sifflets tout à coup
Comme une mitraille de perles.
Pour faire taire le coucou.

Et pendant que. moqueur. s'obstine
A chanter l'insipide oiseau.
Toujours rit la source argentine.
Toujours fuit le petit ruisseau...

A L'AUBERGE

A Madame ***

Dans une bonne et vieille auberge de village,
Comme il en reste encore au pays de Comté,
Devant la majesté d'un âpre paysage.
Les brodequins poudreux, je me suis arrête.

Et tandis que Phebus, filtrant par le feuillage,
D'une rose piquette allume la gaîté.
Le cœur pris de lyrisme et plein de votre image,
J'évoque en un sonnet votre fière beauté.

Allons, mon trait final. — J'entends a mes oreilles
Les rimes bourdonner comme un essaim d'abeilles,
Et ce clairet me met la cervelle à l'envers :

Mais voici qu'un roulier entre — ours faisant l'aimable.
Ivre, bouscule tout, auprès de moi s'attable,
Et soudain fait flamber sa pipe avec mes vers !

CRÉPUSCULE

Dans les ors du couchant, comme un taureau s'accule
Pour mourir — le soleil sanglant et las descend,
Tandis que sur les bois où l'ombre s'accumule,
Triomphante, la lune arbore son croissant.

Voici l'heure attendue où, dans le crépuscule,
Tout bruit se fond en un murmure decroissant,
Où le crapaud rêveur, très doux, tintinnabule
Sa chanson de cristal toujours recommençant.

Alors que dans les fleurs s'endort la coccinelle,
Des abreuvoirs flambant sous les ifs   solennelle,
Dans le recueillement et le calme du soir.

Soudain monte une triste et large mélopée :
C'est meuglant vers le ciel roux, par une echappee,
L'hymne des bœufs flairant quelque immense abattoir.

NOVEMBRE

Voici venir Novembre!... Allons revoir, Mignonne.
Le parc où notre amour est eclos radieux ;
Mais quoi, le chrysanthème orne seul la couronne
De l'automne si triste en ses derniers adieux !

Voici venir Novembre! Entendez-vous la plainte
Des saules s'effeuillant sur les etangs glacés.
Et comme un long sanglot, la voix funèbre et sainte
De la cloche des *Trepasses*.

Autour de nous, tout pleure et gemit et frissonne :
Des chataigniers en deuil monte un hymne de mort.
Sous l'autan, le sapin lugubrement resonne
Et comme un noir géant, dans le ciel gris se tord.

Le gel a dévaste vos fraiches plates-bandes,
Vos splendides rosiers, vos dahlias chéris,
Et de votre balcon les flottantes guirlandes
Jonchent le sol de leurs débris.

Voyez, déjà le givre aux ifs suspend ses franges
Et d'éclatant mica poudre les boulingrins,
Tandis que roitelets, rouges-gorges, mésanges,
Autour des granges vont mendier quelques grains.

Le brouillard en rampant aux broussailles accroche
Ses humides réseaux de bruine tramés.
Et fouettés par le vent, fument sur quelque roche
    Les feux par le patre allumés.

Dans le fouillis rouille des buissons et des haies,
En essaims querelleurs, d'avides passereaux
De l'hièble à coups de bec se disputent les baies
Et du rouge eglantier égrènent les coraux.

Sur la route, là-bas, ornière detrempée
Par l'averse — geignant sous le froid qui le mord,
Au pinceau de Courbet une vieille echappée,
    Traine un lourd fagot de bois mort !

.·.

Oh ! toi qu'on a nommé notre Universel Père,
Quand la nature semble expirer en ce jour,
Sur le nid de l'oiseau, sur la pauvre chaumière,
Seigneur ! jette un regard de clémence et d'amour !

.·.

Où sont les belles nuits de parfums toutes pleines,
Lorsque la lune blonde étincelle sur l'eau ;
Et les doux rossignols mêlant leurs cantilenes
    Aux effluves du renouveau ?

Ou sont sous les baisers des brises murmurantes,
Les blancs acacias faisant neiger leurs fleurs,
Et dans l'ombre des bois, les sources transparentes
Qu'effleuraient en leur vol les bleus martins-pêcheurs :

Ou sont les papillons et les folles abeilles,
Dans les roses sainfoins, sylphes d'or voltigeant :
Et les soleils couchants et les aubes vermeilles
        Et la rosee en pleurs d'argent ?

. .   .   .

Oh ! que morne est ce bruit, ce bruit de feuilles mortes
Valsant par les sentiers, tournoyant sous nos pas,
Et ce cri des corbeaux qui passent en cohortes,
Sinistres messagers du spleen et des frimas !

Belle ! voici l'hiver !... D'une melancolie
Accablante   je sens sur moi l'aile peser :
Pour rechauffer mon cœur, rends moi, je t'en supplie.
        Tout le printemps dans un baiser !...

CHANT DU PAYS

Lorsque par nos monts. que l'hiver assiège.
Les vents éplorés geindront comme un glas.
Et que. secouant leur linceul de neige.
Les sapins tordront dans la nuit leurs bras.

A notre veillée où l'heure s'abrège
A teiller le chanvre. aux ardents éclats
De l'âtre vibrant du joyeux solfège
Des grillons — ô belle ! un soir tu viendras.

Et tu nous diras de ta voix jolie
Un de ces airs pleins de mélancolie
Que chante le pâtre au pays Comtois :

Un refrain très doux, naïvement triste.
Fait par quelque gars plus aimant qu'artiste.
Où l'amour sourit et pleure en patois !

LE NOEL DES OISEAUX

~~~

O Bonté de l'Ame !
V. HUGO.

Tandis qu'expirait l'harmonie
Des gais et derniers carillons,
La messe de minuit finie,
Devant l'âtre nous nous serrions.

La ferme etait toute joyeuse,
Le vin du Jura pétillait
Et — mélèze entier — lumineuse,
La bûche sainte flamboyait.

La table débordait, splendide,
De tourtes d'or et de gâteaux ;
Mais une place restait vide,
Celle de Lise aux yeux si beaux.

Les frais bambins en troupe folle,
Avec un vacarme effréné,
Prenaient d'assaut la girandole
D'un bel if de jouets orné.

Et chacun chantait à la ronde
Les vieux noels de la Comte :
Du grand foyer la flamme blonde
Rendait plus vive la gaîté.

Se souvenant de sa jeunesse.
L'aïeule en joie aussi chantait :
Seul, dans cette immense liesse.
Je demeurais sombre... distrait.

— Où donc est Lise, demandai-je.
Elle nous a quittés, pourquoi ?
Par ce froid apre et cette neige.
Ou peut-elle être, dites-moi ? »

— Mon fils. répondit la grand'mère.
Suivant l'usage en nos hameaux.
Lise a porté dans la clairière
Le *Noël* aux petits oiseaux. » (1).

Je me levai plein de surprise
Et je partis au même instant
Chercher par la forêt ma Lise,
La pure enfant que j'aime tant.

---

(1) Cette naïve et touchante coutume est encore fort répandue
dans les montagnes de la Comté.

La nuit scintillait froide et claire.
Et sur les monts silencieux
La neige étendait son suaire.
Le vent du nord cinglait mes yeux.

Les arbres tordaient sur ma tête
Leurs bras hérissés de glaçons ;
Parfois. de nos chaumes en fête.
Vagues, m'arrivaient les chansons.

Devant moi. la forêt sans bornes.
Sous l'aigre bise frissonnant,
Etageait ses profondeurs mornes
Dans le ciel glacé rayonnant.

Et. j'aperçus mon adorée,
Elle etait là, sous un sapin,
Blanche. par la lune eclairee.
Dans les airs émiettant du pain.

— Oh ! m'ecriai-je. sois heureuse !
Toi qui viens la nuit de Noel,
Malgré la bise furieuse,
Secourir les oiseaux du Ciel !...

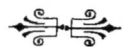

NOEL TRISTE

Dors, pauvre enfant malade
Gérard de NERVAL.

Dans la nuit la neige tombe
Ma colombe,
Et quand. seules, nous veillons,
Sur le val que le vent glace,
Chante et passe
L'hymne aile des carillons.

C'est Noël! Chaque chaumine
S'illumine ;
Aux plus indigents foyers
La bûche sainte flamboie,
Feux de joie
Par les grillons egayes.

Malgré le givre et la bise,
Vers l'église
Le village avec ferveur
Accourt — pour voir dans l'etable
L'adorable
Retour de l'Enfant-Sauveur.

Pourquoi faut-il que la fièvre
Sur ta lèvre
Ait mis un tison ce soir ?
Lorsque tout fête et salue
La venue
Du Dieu d'amour et d'espoir !

Pauvre mère ! en la tristesse
Qui m'oppresse,
Près de toi je resterai.
Et pour t'endormir, ma reine.
L'âme en peine,
En pleurant je chanterai

Te plait il que je te dise
Une exquise
Vilanelle d'autrefois ;
Ou dans son charme rustique,
Quelque antique
Noël de nos monts Comtois ?

Aux chants de ma voix tremblante
Et dolente,
Tâche un peu de sommeiller ;
Mais comme une rose blanche
Ton front penche
Sur ton petit oreiller.

J'ai mis sous la cheminée
            Toute ornée
De buis — tes sabots mignons,
Pour que le Sauveur y jette,
            En cachette,
Les plus jolis de ses dons.

En ton heureuse innocence,
            C'est d'avance
Que je te vois, au matin,
Courir contempler, ravie
            Et guérie,
Ses présents sous l'âtre éteint.

Il est tard — chère petite
            Ferme vite
Tes yeux bleus où le ciel luit ;
De ton lit frôlant les franges,
            Les Archanges
Te berceront cette nuit.

Dors ! Et tu verras descendre
            Sur la cendre
Le doux Jésus plein les bras
De jouets »   Mais plus pâle encore,
            A l'aurore,
L'enfant ne s'éveilla pas !

— ❧ —

LES « VEILLEUSES »

—⋅—

Dans les ormes rougis la rafale d'automne
Inconsolablement brame et geint comme un glas.
Et sur l'etang blafard que le brouillard cotonne
Déjà tombe le gel en larmes de verglas.

Mais si dans le vieux parc en s'effeuillant frissonne
Une dernière rose, une dernière hélas !
Par les regains fletris partout s'ouvre et foisonne
Le calice hyemal des colchiques lilas.

Et pendant qu'en les bois valsent les feuilles mortes
Et qu'avec d'âpres cris se hèlent les cohortes
Des corbeaux tournoyant au ciel couleur de plomb.

Vers l'âtre en feu tendant ses pauvres mains frileuses.
L'aïeule dit : « — Enfant, que l'hiver sera long !
A t-on vu dans les prés jamais tant de *Veilleuses* !

FLEUR BRISÉE

J'arrivai tout tremblant : — Et, Lise ? demandai-je,
A sa mère accourant en sanglottant m'ouvrir.
Hélas ! tout est fni ! — Plus pâle que la neige,
Je vis alors l'enfant qui venait de mourir.

On eut dit une vierge exquise du Corrège ;
La morte souriait et paraissait dormir :
Et moi, comme un sapin que la cognée assiège.
D'indicible douleur je me sentais fremir.

Assis à son chevet, la poitrine serree.
Je demeurai longtemps près de mon adorée.
Songeant à mon bonheur envolé sans espoir :

Et pendant que ma lèvre à ses lèvres mi-closes
S'attachait — j'entendis dans la douceur du soir,
Pleurer les rossignols comme à la mort des roses !

AMOURS EFFEUILLÉS

Plus fraîches que la blanche épine
Ou que l'églantine des bois,
Mon cœur, Lise, Rose et Claudine
Vous adorait toutes les trois.

Où sont en leur grâce divine
Ces fleurs de nos vallons comtois?
Rêve envolé, je le devine,
Où sont les roses d'autrefois !

Claudine est aujourd'hui fermière.
Je l'ai revue, heureuse et fière,
Un gentil poupon sur son bras !

D'un beau moulin Rose est meunière
Et, sous les ifs du cimetière,
Seule, Lise m'attend là-bas !

AUX MONTS FRANC-COMTOIS

Comtois — rends-toi,
Nenni — ma foi !

Aux Monts franc-comtois, terre des vieux chênes,
Où l'antique honneur sans tache est resté.
Un sang génereux fermente en les veines
De leurs fils si fiers de leur liberté.
Aux monts franc-comtois. terre des vieux chênes
Où l'antique honneur sans tache est resté

Aux Monts franc comtois les rochers sublimes
Dans l'immensité s'étagent rugueux :
Du Jura voyez resplendir les cimes.
Ecoutez bondir ses torrents fougueux·
Aux Monts franc-comtois les rochers sublimes
Dans l'immensite s'étagent rugueux.

Aux Monts franc-comtois les gars sont robustes.
De leurs taurillons ils ont la vigueur ;
La blaude sied bien à leurs larges bustes.
Leur main rude est franche et loyal leur cœur.
Aux Monts franc-comtois les gars sont robustes,
De leurs taurillons ils ont la vigueur.

Aux Monts franc-comtois les filles sont belles
Et sages aussi — ça, chacun le sait.
Et quoique l'amour flambe en leurs prunelles.
L'*edelweiss* pourrait orner leur corset.
Aux Monts franc-comtois les filles sont belles
Et sages aussi — ça, chacun le sait.

Aux Monts franc-comtois, les claires rivières
Amoureusement caressent leurs bords.
Tandis que le vent, dans les sapinières.
Mêle aux chants des nids ses vastes accords.
Aux Monts franc comtois les claires rivières
Amoureusement caressent leurs bords.

Aux Monts franc-comtois les grands bœufs superbes
La *campaine* au col reviennent des prés,
Ils rentrent grises de l'odeur des herbes,
Meuglant vers les ors des couchants pourpres.
Aux Monts franc comtois les grands bœufs superbes
La *campaine* au col reviennent des prés.

Aux Monts franc-comtois, les vignes fécondes
Etalent leurs ceps de rayons criblés :
Et, vienne l'automne, on danse des rondes
Autour des cuveaux de fruits mûrs combles.
Aux Monts franc-comtois les vignes fecondes
Etalent leurs ceps de rayons cribles.

Aux Monts franc comtois quand les champs en joie
Exultent sous les feux de Thermidor.
Qu'ils sont beaux à voir tout gonflés de soie.
Nos maïs dressant leurs quenouilles d'or !
Aux Monts franc-comtois. quand les champs en joie
Exultent sous les feux de Thermidor.

Aux Monts franc comtois. alors que. maussade.
L'incessant hiver désole les bois.
Gais. auprès de l'âtre. est une rasade
De clairet d'*Abbans* ou de vieil *Arbois !*
Aux monts franc-comtois. alors que. maussade.
L'incessant hiver désole les bois.

Aux Monts franc-comtois. des *mangeurs de gaudes*
On dit que la *tête est près du chapeau*
Les Gaudes ! malheur ! quand elles sont chaudes
A qui tenterait d'en voler la peau !
Aux Monts franc comtois. des *mangeurs de gaudes*
On dit que la *tête est près du chapeau !*

.·.

Si. des Monts Comtois. les Teutons rapaces
Osaient convoiter le blason altier.
Au chant de *Rouget* ebranlant ses masses.
Sur eux le Jura croulerait entier !
Si, des Monts Comtois, les Teutons rapaces
Osaient convoiter le blason altier !

ENVOI

Comme aux Monts Comtois, l'aile endolorie
Revient un ramier cherchant ses amours,
Vers toi, mon pays, mon âme attendrie,
Pauvre oiseau blessé, s'envole toujours,
Comme aux Monts Comtois, l'aile endolorie.
Revient un ramier cherchant ses amours !

TABLE

DEUXIÈME PARTIE

AQUARELLES

www.ingramcontent.com/pod-product-compliance
Lightning Source LLC
Chambersburg PA
CBHW060811250626
47162CB00005B/1744